Tacet Books

Graciliano Ramos

10 Melhores Crônicas

Editado por
August Nemo

Copyright© Tacet Books, 2024

Todos os direitos reservados.

EDITOR August Nemo

CAPA E PROJETO GRÁFICO Mayra Falcini

NEGÓCIOS E MARKETING Horacio Corral

Dados Internacionais de Catalogação na Publicação (CIP)

Ramos, Graciliano.
R175   10 Melhores Crônicas / Graciliano Ramos– São Paulo, SP: Tacet Books, 2024.
46 p. : 14 x 21 cm

ISBN 978-65-89575-65-8

1. Literatura brasileira. 2. Crônicas. 3. Contos.

CDD 869.4

Tacet Books

Feito em silêncio

Para mentes barulhentas

www.tacetbooks.com

tacet.books@gmail.com

Sumário

Introdução	5
O Vendedor de Jornais	9
O Garçom	13
Carnaval	19
Livros didáticos	23
O cinema	27
O casamento maximalista	35
Um milagre	41
Conheça a Tacet Books	45

Introdução

Graciliano Ramos, nascido em 27 de outubro de 1892, na cidade de Quebrangulo, Alagoas, trilhou uma vida permeada por diferentes atividades e uma paixão pela escrita desde tenra idade. Entre idas e vindas no interior de Pernambuco e Alagoas, seu talento despontou cedo quando, aos 13 anos, iniciou sua jornada literária no Colégio Quinze de Março, em Maceió. Essa paixão desdobrou-se em colaborações para periódicos locais e experiências comerciais antes de mergulhar no jornalismo e na gestão pública.

Em sua trajetória, Ramos foi comerciante, jornalista e diretor de instituição pública, até mesmo assumindo a posição de prefeito em Palmeira dos Índios, Alagoas. Sua estreia literária veio em 1933 com "Caetés", seguida por marcos como "São Bernardo" (1934) e "Angústia" (1936). Acusado de participação na Intentona Comunista, ficou preso durante quase um ano sob o governo Vargas.

Apesar das adversidades políticas, Ramos foi laureado com o Prêmio de Literatura Infantil do Ministério da Educação em 1937 e alcançou seu ápice com a publicação de "Vidas Secas" (1938), um retrato vívido da árdua vida no sertão brasileiro. Seu engajamento político foi marcante durante toda a vida, culminando com sua adesão ao Partido Comunista em 1945. Entre 1952 e seu falecimento, em 20 de março de 1953, Graciliano Ramos enfrentou um câncer no pulmão, buscando tratamento em Buenos Aires antes de seu retorno ao Rio de Janeiro. Sua obra deixou um legado impactante não apenas no Brasil, mas também no cenário literário mundial, permeada por uma crítica social profunda e uma maestria narrativa que transcende fronteiras.

Auto-retrato aos 56 anos:

Nasceu em 1892, em Quebrangulo, Alagoas.
Casado duas vezes, tem sete filhos.
Altura 1,75.
Sapato n.º 41.
Colarinho n.º 39.
Prefere não andar.
Não gosta de vizinhos.
Detesta rádio, telefone e campainhas.
Tem horror às pessoas que falam alto.
Usa óculos.
Meio calvo.
Não tem preferência por nenhuma comida.
Não gosta de frutas nem de doces.
Indiferente à música.
Sua leitura predileta: a Bíblia.
Escreveu "Caetés" com 34 anos de idade.
Não dá preferência a nenhum dos seus livros publicados.
Gosta de beber aguardente.
É ateu. Indiferente à Academia.
Odeia a burguesia. Adora crianças.
Romancistas brasileiros que mais lhe agradam: Manoel Antônio de Almeida, Machado de Assis, Jorge Amado, José Lins do Rego e Rachel de Queiroz.
Gosta de palavrões escritos e falados.

Deseja a morte do capitalismo.
Escreveu seus livros pela manhã.
Fuma cigarros "Selma" (três maços por dia).
É inspetor de ensino, trabalha no "Correio do Manhã".
Apesar de o acharem pessimista, discorda de tudo.
Só tem cinco ternos de roupa, estragados.
Refaz seus romances várias vezes.
Esteve preso duas vezes.
É-lhe indiferente estar preso ou solto.
Escreve à mão.
Seus maiores amigos: Capitão Lobo, Cubano, José Lins do Rego e José Olympio.
Tem poucas dívidas.
Quando prefeito de uma cidade do interior, soltava os presos para construírem estradas.
Espera morrer com 57 anos.

O Vendedor de Jornais

O vendedor de jornais é o tipo mais despreocupado e alegre do mundo.
Tem uma alma de pássaro.
Claro está que nos não referimos ao carrancudo português que, em meio de uma chusma de folhas metodicamente dispostas, passa os dias sentado, com as pernas cruzadas no ponto de reunião da Rua do Ouvidor com o Largo de S. Francisco, na Brahma, nas portas dos cafés da Avenida, em toda a parte. Não aludimos tampouco ao grave italiano de bigodeira espessa nem ao "carcamano" que, de bolsa a tiracolo, apregoa uma algaravia *à la diable*, a *Nôtizia e o Zêculo*.

Queremos falar do pequenino garoto de dez anos, o brasileirito trêfego, ativo, tagarela como uma pega, travesso como um tico-tico.

Está sempre a rir, sempre a cantar. Canta o dia inteiro, num tom arrastado, apregoando as revistas que vende.

Por aqui, por ali, vai, vem, corre, galopa, atravessa as ruas com uma rapidez de raio, persegue os veículos, desliza entre os automóveis como uma sombra. Parece invulnerável.

É assim uma espécie de pensionista do público — arrebata as pontas de charuto que se jogam à rua e surrupia, para revender, os jornais que se deixam esquecidos nos bancos dos passeios. Se pode à socapa, deita a mão a alguma dessas pirâmides de frutos que sedutoramente se elevam às portas das mercearias.

É extraordinária a celeridade com que ele se transporta de um lugar para outro. Anuncia no Leme, na Tijuca, em Niterói, um jornal que a gente pensa ainda estar no prelo. Dir-se-ia que tem asas.

Fuma, bebe aguardente, prageja, solta pilhérias torpes, pisca os olhos maliciosamente à passagem das mulheres, canta trovas obscenas com a música da "Cabocla de Caxangá".

Torna-se importuno às vezes, quando, a correr pelas plataformas dos bondes, fazendo reviravoltas de símio para escapar à sanha de algum condutor rabugento, nos atordoa os ouvidos com estupendos gritos estridentes.

Nada lhe empana a limpidez de espírito, nada. Está tão habituado a anunciar todos os dias "um grande atentado, um pavoroso incêndio, a prisão do célebre bandido Fulano", que afinal acaba por encarar todos esses fatos indiferentemente.

Tem gestos próprios e expressões peculiares. Para ele um assassínio ou um suicídio é simplesmente uma "encrenca". Um conflito é um "robo". Sua interjeição predileta é uê, que aliás é usada por toda a gente carioca.

Parece que desconhece hierarquias e vaidades tolas, porque não empresta títulos a nenhum nome. Diz: "O partido do Pinheiro, discursos do Ruy Barbosa, o governo do Nilo Peçanha", como se todos os cabecilhas da República fossem apenas vendedores de jornais.

Fala sobre política, conhece o valor de nossos parlamentares, discute os principais episódios da conflagração europeia, critica os atos do poder e emprega imoderadamente esses vistosos adjetivos que figuram nos cabeçalhos dos artigos importantes para engodar o público incauto.

Detesta a monotonia dos tempos de paz. Gosta das revoluções, dos motins, das grossas "mixórdias" que lhe proporcionam ocasiões de ver todas as folhas arrebatadas, sem que haja necessidade de ele gritar como nos dias ordinários.

Não é somente o jornalista que explora vantajosamente os crimes — ele, o garoto endiabrado, também sabe tirar partido das mais insignificantes perturbações da ordem, revestindo todos os fatos de acessórios que lhes dão proporções extraordinárias. Parece que tem o dom de pôr um grande vidro de aumentar em cima dos acontecimentos.

É astucioso, impostor, velhaco.

Com uma finura de comerciante velho, emprega artimanhas de mestre, complicados ardis, artifícios que são uma obra-prima de sutileza, tudo para embair os transeuntes. Mente apregoando sedutoras notícias fantásticas.

Enfim, sob certos pontos de vista, o pequeno garoto vendedor de jornais é uma espécie de jornalista em miniatura...

O Garçom

Entre as dádivas amáveis que Jeová fez ao povo egípcio, para que um faraó desumano consentisse na ida da gente eleita para a terra de Canaã, não havia — parece-me — os criados de botequim. E, entretanto, estou certo de que eles poderiam constituir a oitava série daqueles presentes divinos, que, segundo a Bíblia, serviram para determinar o Êxodo.

Interessantíssimas criaturas os criados de botequim!

Do balcão para as mesas, das mesas para a cozinha, da cozinha outra vez para o balcão e para as mesas, vão, vêm, correm, galopam, rebentam as vasilhas, tropeçam nas cadeiras, piscam os olhos uns aos outros, dão cotoveladas nos fregueses, tudo sob as ordens do patrão, que dirige as manobras, muito grave.

Quando aparecem, com uma fúria de tufão, transportando uma cordilheira de louça que se agita com fracasso imenso, trememos. Quando dispõem as xícaras a nosso lado e atiram a cafeteira sobre a mesa, suamos. Quando se acercam de nós amavelmente e encetam conosco uma conversação que não tem fim, gelamos.

Falam uma língua semelhante à nossa, uma algaravia em que as palavras "média", "galão", "mosquear" etc. têm acepções especiais.

Conhecem, não obstante, muito bem o português — e ai daquele que perpetrar a tolice de dizer qualquer coisa estranha a seus ouvidos apurados!

Pede-se um copo d'água; e eles corrigem logo, rasgadamente:

— Um copo com água!

Como quem diz:

— Não seja burro!

São dotados de uma sagacidade imensa. E são loquazes, muito loquazes e amáveis. Têm sempre o cuidado de arranjar as coisas que estão arranjadas, por amabilidade talvez.

Imaginem os senhores que, depois de uma caminhada estafante, nadando em suor, com os pés metidos em sapatos que nos apertam os calos, entramos em um café para descansar um bocado.

Logo, a escangalhar-nos os ouvidos, um vozeirão ressoa:

— Quarta à esquerda!

E um criado chega, armado de uma bandeja onde há todos os instrumentos de suplício desejáveis: xícaras, colheres, açucareiros etc.

Começa por colocar as xícaras (duas ou mais se vamos sós, ou se vamos acompanhados) sobre a mesa, que felizmente não se quebra porque, por previdência, ordinariamente é feita de pedra ou de ferro.

Outro demônio aproxima-se conduzindo cafeteiras, bules, outros vasos ardentes, e pergunta-nos:

— Simples?

Quando acaba de falar, está cheia a xícara, às vezes o pires, não raro a nossa roupa.

Chega um terceiro, encarregado de nos entreter com sua agradável companhia. Se somos frequentadores da casa, faz-nos confidências. Fala-nos sobre a mesquinhez de seu ordenado, a doença de olhos de uma parenta, os lucros do patrão, uma chusma enfim de coisas deleitáveis e instrutivas que ouvimos com muito interesse. Se somos desconhecidos, o homem permanece em silêncio, mas procura por todos os meios agradar-nos.

Passa o guardanapo sobre a mesa, puxa a bandeja para um lado, aproxima-a de nós, torna a afastá-la, descobre o açucareiro, cobre-o, retira-o para servir outro freguês, volta a trazê-lo.

Depois vai colocar-se a pequena distância, risonho, com o guardanapo debaixo do braço.

Imediatamente percebe que as xícaras não estão dispostas com uma simetria irrepreensível e que falta aí uma colher.

E recomeça a arranjar e a desarranjar tudo. Endireita a bandeja duas, três, quatro vezes, até que por fim, depois de muito cogitar, resolve-se a suprimi-la.

Agora a grande preocupação é espanejar o mármore e cobrir e descobrir o açucareiro.

Mas outro criado intromete-se no arranjo. E, naturalmente para nos distrair com a contemplação de um objeto artístico, põe-nos ao lado uma espécie de torre de Piza feita de bandejas e xícaras superpostas com muita habilidade.

A arrumação continua, agora que é preciso concluir a construção da torre.

Depois trazem-nos duas cafeteiras e outros utensílios de cozinha, que nós não pedimos mas que os homens naturalmente julgam ser ali necessários.

Metemos a mão no bolso, atiramos um níquel aos monstros.

E, enquanto um vai buscar o troco, o infatigável arrumador continua a abominável tarefa — agitar as xícaras, mexer e remexer as colheres, tapar e destapar o açucareiro, a fim de entornar o açúcar, o que faz que se tornem indispensáveis espanadelas e mais espanadelas.

Afinal, antes que nos chegue o troco, o desalmado, a uma esfregação mais rija de guardanapo, atira-nos sobre o fato um copo d'água.

Está concluído o que eles, em sua extraordinária gíria, chamam a "amolação de um freguês".

Note-se que tudo é feito com uma celeridade que revela muita perícia e muita malvadez. E sempre risonhos, como se nos estivessem causando um grande prazer.

Estão de tal maneira habituados a executar os mesmos movimentos que, quando não há vítimas a "amolar", esfregam as mesas limpas, para afugentar as moscas.

E repetem tantas vezes as mesmas palavras que acabam por não saber dizer outra coisa. Já ouvi um, ao deitar cerveja em um copo, perguntar muito sério:

— Simples ou com leite?

São terríveis. Ontem, por causa deles, fui ao enterro de um amigo, que morreu de uma lesão cardíaca.

Carnaval

O Brasil é um país fundamentalmente carnavalesco. Palmeira é uma cidade essencialmente brasileira. Grande parte dos defeitos e das virtudes que no brasileiro se encontram, em geral, o palmeirense possui, em particular. Reproduz-se entre nós, em ponto pequeno, o que o país em ponto grande produz.

A nação é um cinematógrafo; a cidade é um cosmorama. Menos que um cosmorama, talvez: um estereoscópio. Na essência, exibição de figuras. Coisas de ver, de mostrar, exposição de objetos bonitos.

Por cima e por baixo, o mesmo fenômeno, com diferença de gradações: estopa pintada de preto, a fingir casimira.

A pátria é um orangotango; nós somos um sagui. Diversidade em tamanho, inclinações idênticas. Imitações, adaptações, reproduções — macaqueações.

O que o Rio de Janeiro imita em grosso nós imitamos a retalho. Usamos um fraque por cima da tanga, alpercatas e meias.

De resto, nenhum pensamento, nenhuma ação, muito falar. Temos a idolatria da palavra, vazia embora. É, comparando mal, coisa semelhante ao culto do selvagem que adora a feição material de seus grosseiros manipanços de pau. A ideia escapa-lhes. Nossa preocupação máxima é falar bonito.

O país é preguiçoso. Dormir é a grande felicidade da vida. Coerentemente, a cidade dorme ou sonha acordada. Acordada? Engano. Vive numa modorra. De longe em longe estira os braços, espreguiça-se num bocejo, esfrega os olhos — e volta a mergulhar a cabeça nos travesseiros.

Positivamente despertos só estamos durante o carnaval. Pudera! Se o entrudo é a instituição nacional por excelência!

O carnaval! Vai começar o riso nervoso, a gargalhada estridente que dura três dias. Não fosse o Brasil a boa terra que é, radicalmente carnavalesca!... Cantigas, danças... saltos, esgares exagerados, piruetas, pilhérias... Reeditam-se os fados que se gemeram há dez anos; choram no pinho as tocatas que há dez anos se ouviram. A Palmeira é uma cidade essencialmente brasileira. O povo a rir sem saber de que, o violão a sapecar as cantigas dolentes da Mouraria! A música é triste, o canto é lúgubre, mas — que diabo! é necessário que se cante e que se toque alguma coisa. A festa é de alegria. Canta-se, embora a soluçar. A regra é imitar, imita-se. Mas quê? As cantilenas exóticas de além-mar. Não é em vão que o país, em escala descendente, começa no orango e acaba no pequenino sagui irrequieto, com um cordel amarrado à cintura.

Bem se vê que a alegria que por aí vai é convencional, importada, comprada às dúzias, juntamente com tubos de lança-perfume e rodelas de serpentinas.

Senhores foliões — um conselho: acabai com essas cantarolas fúnebres. Sentimentalismo, pieguice na festa da pândega — que horror! santo Deus dos bobos! Sede lógicos em vossa insensatez. Tendes disposições para farsantes? Concordo convosco. É uma tendência como outra qualquer. Mas ao menos sede farsantes completos, não mistureis alegrias com tristezas. Sobretudo, não observeis nenhuma circunspecção. É uma advertência de muito valor. Se a coisa é para fazer tolices, fazei tolices, amigos, quebrai a louça, derramai os copos, ponde uma barba de espanador e saí pela rua a dar vivas à República. Um homem que deita à cabeça um chapéu vermelho de papelão e enrola ao pescoço um cipoal de tiras de papel de cor está, de fato e direito, isento de qualquer responsabilidade em matéria de senso comum. Ninguém é obrigado a ter juízo. Se estais tristes, ficai em casa; se estais doentes, deitai-vos, tomai tisanas.

Outro aspecto interessante do carnaval aqui fornecem-nos os truculentos cordões que marcham pela rua a vociferar quadrinhas sem pés nem cabeça. Até aí a índole nacional se revela — juntar palavras sem sentido.

A gente mais elevada canta as insípidas pieguices de outras bandas; mestre Manuel Simão e sua grei levantam a poeira da estrada, a gritar com energia: "São essas fé que me faz a contemprá"...

Ora aí está por onde andamos nós. Em cima fadinhos insulsos: embaixo o clube Bela Rosa.

E em tudo somos assim. Ou repetimos desajeitadamente o que os outros fizeram ou, se queremos ter alguma originalidade, não passamos do que pode produzir a mentalidade rudimentar de mestre Manuel Simão.

Livros didáticos

Amo as crianças. E, porque as amo, entristece-me a ideia de que serão grandes um dia, terão barbas ou cabelos compridos, como toda a gente. Serem como eu e como tu, leitor, terem paixões também, os mesmos defeitos que nós temos...
É triste!
Sofro com o sofrimento delas. E é por isso que detesto o livro infantil. Detesto-o cordialmente.
Aquelas coisas maçadoras, pesadas, estopantes, xaroposas, feitas como que expressamente com o fim de provocar bocejos, revoltam-me. Espanta-me que escritores componham para a infância pedantices rebuscadas, que as livrarias se encarregam de fornecer ao público em edições que, à primeira vista, causam repugnância ao leitor pequenino; embasbaca-me que professores reproduzam fonograficamente aqueles textos indigestos; assombra-me ver aquilo adotado oficialmente.
Odeio o livro infantil. E odeio-o porque sei que a criança o não compreende. Abram uma dessas famosas seletas clássicas que por aí andam espalhadas. Ainda guardo com rancor a lembrança de uma de-

las, pançuda, tediosa, soporífera, que me obrigaram a deletrear aos nove anos de idade. Li aquilo de cabo a rabo, e no fim só me ficou a desagradável impressão de haver absorvido coisas estafantes, cheirando a mofo, em uma língua desconhecida, falada há quatrocentos anos por gente de outra raça e de um país muito diferente do meu. O que me aconteceu a mim deve ter acontecido aos outros.

Quem se não lembra com enjoo do compêndio sebáceo dos tempos escolares, salpicado de tinta, amarrotado, com as páginas despregadas, páginas que, quando se iam, nos deixavam uma consoladora sensação de alívio?

A gramática pedantesca, cheia de nomes gregos, de sutilezas que o leitor não compreende; a história do Brasil de perguntas e respostas, feita especialmente para que o estudante só responda ao mestre quando o quesito seja formulado com as mesmas palavras que estão no livro; a geografia presumida, a exibir uma erudição fácil, recheada de termos como estereografia, hipsografia, vulcanografia, potamografia e outras grafias de má morte; todas as letras inodoras, incolores, desenxabidas, enjoativas, perfeita literatura de água morna — para que serve tudo isso, não me dirão? Leva-se a melhor parte da vida a ler aquilo e fica-se sem saber coisa nenhuma. Na idade em que a inteligência começa a despertar, confusa, obrigá-la a embrenhar-se pelas complicadas asperezas dos lusos clássicos — que horror, santo Deus!

Cabecinhas loiras pendidas tristemente sobre calhamaços vetustos; pequeninas mãos a borboletear irrequietas, volvendo as folhas de alfarrábios seculares; bocas frescas, lábios de rosa, papagueando os medonhos arcaísmos de além-mar; olhos vivos, brilhantes, misteriosos, cerrando as pálpebras ao peso de pavorosos narcóticos impressos — como vos lastimo!

Ou eu me engano muito, ou os autores ou colecionadores de semelhantes judiarias são malucos. Malucos ou perversos, que escrevem com a ideia preconcebida de embrutecer a infância. Parece até que nunca foram pequenos, tão grande ignorância revelam da psicologia da criança.

Aí está o motivo por que, entre nós, de ordinário se odeia o livro. São reminiscências daqueles maus tempos em que nos habituaram a confundir a escola com o cárcere e nos forneceram a noção de que o professor é uma espécie de lobisomem. Se ainda toleramos o jornal, é que nunca o vimos entre os instrumentos com que nos martirizavam. Não me espanta que uma criaturinha comece a mastigar um desses infames volumes aos seis anos, e aos doze, depois de haver lido e relido aquilo centenas de vezes, tenha tudo de cor, sem compreender uma linha.

Voto ao muito ilustre educador Abílio Borges uma profunda aversão. Nunca perdoarei àquele respeitável barbaças as horas atrozes que passei a cochilar em cima de um horrível terceiro livro que uns malvados me meteram entre as unhas.

A admiração que eu devia ter à figura culminante da Renascença portuguesa esfriou desde que aprendi a soletrar, e até hoje ainda não me foi possível convenientemente acendê-la. É que almas danadas me obrigaram a ler Camões aos oito anos.

O descobrimento do caminho da Índia aos oito anos! É, positivamente, um abuso. Aquela mistura de deuses do Olimpo, pretos africanos, o Gama ilustre, o gigante Adamastor, o rei de Melinda, a linda Inês e seu gago amante, tudo, a meter-se atrapalhadamente num pobre cérebro em formação — com franqueza, é demais! Perdoem-me as cinzas do zarolho gênio, mas eu não sei se o meu ódio a ele era menor que o que me inspirava o Barão de Macaúbas.

A escola primária! Não me é agradável a recordação dela. Os romances idiotas de Escrich me serviram muito mais que as gramatiquinhas e as historietas de tolices que me obrigaram a absorver.

Os livros infantis! Que livros! São paus de sebo a que a meninada é compelida a trepar, escorregando sempre para o princípio antes de alcançar o meio, porque afinal aquilo é um exercício feito sem o mínimo interesse de chegar ao fim.

O cinema

Haverá um homem que rabisque para os jornais e que não tenha tido desejo de dizer alguma coisa sobre esses estabelecimentos que têm sempre, às portas enormes, cartazes onde avultam espaventosas letras encarnadas e negras, essas casas que de meio-dia a meia-noite, nos atordoam os ouvidos com estridentes sons de campainhas e surdos zunzuns de ventiladores?

Creio que não. Esses agradáveis lugares onde a gente se educa, vendo as reproduções de fatos que nunca se passaram, têm fornecido assunto à vagabunda pena de muito sujeito desocupado que deseja encher uma coluna de jornal. Cronistas fizeram-lhes a psicologia e repórteres disseram coisas pitorescas a respeito das cenas que às vezes se passam em suas plateias obscuras.

O cinema! Ah! O cinema é uma grande coisa! É quase como o amor — é decantado e posto em prática por toda a gente.

Há apenas a diferença de um ser mais novo que o outro.

E, de acordo com tão grata semelhança, o cinema ensina muita coisa que não figura nesses livros salutares que possuem sugestivos títulos mais ou menos — *Mensageiro dos amantes, Dicionário das flores* etc. etc. Ensina com rapidez e, o que é melhor, faculta os meios de pôr os ensinamentos em prática. Nenhuma inteligência obtusa será inacessível a tão claras lições. Claras não são, em rigor, o qualificativo adequado...

Ah! Não há dúvida de que existe uma estreita correlação entre o amor e o cinema. Se este viesse da Grécia, teria sido talvez inventado por Eros ou por Anteros... Não que Anteros implique reciprocidade, é um acessório perfeitamente dispensável no amor cinematográfico.

Aquilo é uma grande escola. Com um bocado de boa vontade aprende-se muito. Veem-se coisas melhores.

Suponhamos que na tela um casal de namorados esteja atolado no mais agradável *dolce far niente* deste mundo. *Dolce far niente* não é, a rigor, a expressão conveniente. Os jovens fazem alguma coisa, fazem... O cenário é aquele cenário que nós conhecemos — o jardim florido, umas alamedas sombrias, o automóvel, as clássicas rochas negras e muscosas batidas pelas ondas e para terminar o invariável passeio a bote.

Aqui a projeção é deliciosa.

O barco vaga ao sabor das águas, os remos estão soltos, a rapariga entrega-se incondicionalmente a seu homem, os corpos juntam-se, as cabeças perdem a natural perpendicularidade, os lábios vão tocar-se e...

O espectador que tem os olhos muito abertos e a boca cheia de água ouve distintamente, ali bem perto, o estalo de um beijo e qualquer coisa semelhante a um gemido.

O caso, assim de supetão, é para espantar. Mas com um bocado de boa vontade, chega a gente a convencer-se de que o beijo e o gemido foram trocados na tela, o que, pensando bem, não é para admirar. Quantas vezes não temos a ilusão de ver uma estátua mover-se e falar! Demais não há pessoas que se referem à "forma do som", ao "som da forma" e a outras coisas difíceis? Pode-se compreender bem isso? Não, nem é preciso: quando expressões assim trazem a assinatura de um nome autorizado, devemos dizer que são muito boas como também devemos acreditar piamente no mistério da Santíssima Trindade.

O espectador que não for malicioso chega, pois, à conclusão de que aquele doce rumor foi produzido pelos lábios dos amantes que lá estão embalados pelas ondas.

E ele pode ainda ter-se enganado, não ter ouvido nada. Pode, por exemplo ser um médium. Há hoje muitos médiuns, graças a Deus. Médiuns e ocultistas. Há o caboclo Cambury, há o professor Baçu e muitos outros que prejudicam o comércio gentil de Mme. Zizina, de Mme. Ceci, de Mme. Deborah, de todas as espertas cartomantes, quiromantes e sonâmbulas.

Afinal todos afirmam que o cinema é uma coisa deleitável, instrutiva e parece que até moralizadora.
Perfeitamente, gostamos muito dele.
Quando, há tempos, constou que o iam sobrecarregar com impostos e que ele teria necessidade de aumentar o preço das entradas os jornais choraram.
E nós choramos também:
— Oh! que barbaridade! Privar nosso bom povo da única diversão que suas parcas economias lhe podem proporcionar. Que monstruosidade!
Enfim a coisa passou. A história do imposto ficou sem efeito e nosso agradável passatempo continuou a custar os mesmos cobres que anteriormente custava. Uma delícia. Com que alívio as triunfantes campainhas continuavam a fustigar-nos os ouvidos e os ventiladores a zumbir!
Que bela coisa é o cinema!
Alguns sujeitos que se preocupam com um exagerado purismo de linguagem lamentam que às vezes passem por ali pavorosas irreverências ao nosso querido idioma.
Mas que são essas irreverências em vista de muitas outras que nos saltam aos olhos, principalmente nas edições portuguesas de livros franceses? Já não houve um tradutor de folhetim que batizou certa "Place du Chapelet" coisa assim parecida a Largo do Rosário, por Praça da Chapeleta? E as orilhas do Danúbio? Não admira, pois, que por vezes apareça na

fita uma pequena carta com líricas discordâncias que estragam a amenidade de um idílio.

Oh! Aquilo é delicioso! Eu adoro o cinema. Gosto dos automóveis, dos passeios a barco, daqueles terríveis e invariáveis castelos com subterrâneos, dos lugares escusos onde os ladrões se reúnem, mascarados, depois de haverem passado pela complicação de uns corredores sombrios que têm alçapões traiçoeiros e veios de água a cantar. Admiro as florestas da Índia, os palácios exóticos, os ritos bárbaros do Oriente, todas as cópias dos velhos carapetões que o Júlio Verne pregou à humanidade.

Só há uma coisa com que embirro. Será talvez uma particularidade de temperamento extravagante. Mas não me posso contrafazer. Embirro. Perdoem os cinemófilos exaltados.

É que eu tenho observado — e modestamente confesso que não sou um grande observador — que todos os romances que ali exibem têm sempre este enredo.

Uma rapariga leva uma existência em casa de seus pais, ou uma mulher casada vive recolhida numa virtude nunca perturbada, fazendo carícias sérias ao marido e dando beijocas na filha, que ordinariamente é uma criança de seis a oito anos.

Depois aparece um intruso, que, segundo as circunstâncias, pode ser um pintor, um músico, um estudante ou um fidalgo da vizinhança.

Acontece às vezes ser homem de maus bofes; é mais comum, porém, que seja um peralvilho viciado que tem o natural capricho de gostar da pequena ou de dar voltas aos miolos da mulher do próximo.

A família não vê nada, o marido é de uma credulidade encantadora... E um belo dia a criatura bate a linda plumagem, deixando sobre uma banca o infalível bilhetinho. Começa para o fugitivo uma vida de aventuras. Entram em cena o transatlântico, os comboios de estrada de ferro, e, se o filme é de qualquer fábrica italiana, os indefectíveis passeios a gôndola ao luar, nas lagunas de Veneza. Passa-se um ano, o sedutor aborrece-se da companheira, abandona-a em um quarto de hotel.

Sobre um móvel fica o eterno bilhete e, não raro, alguns bilhetes de banco. A pobrezinha, sem arrimo, entrega-se ao teatro. Depois de algum tempo, invariavelmente, é uma grande artista — atriz, bailarina, cantora, ou qualquer coisa. Anda por muitos países. Uma noite, depois de seus triunfos, descobre na plateia o marido ou o pai. Findo o espetáculo, deixa o camarim cheio de admiradores e lá vai em busca do antigo lar, arrependida, coberta de lágrimas e de joias. Mas o carrancudo progenitor repele-a, o marido não consente que ela beije a filha, agora transformada em rapariga bonita. E a desgraçada pecadora dá um trágico adeus à casa antiga, chega à borda de um precipício — zás! — pula para baixo, mata-se.

É mais ou menos assim, com pequenas diferenças em um ou outro pormenor, que se desenrolam todas as fitas. Mas, salvo alguns insignificantes inconvenientes, tudo aquilo é encantador.

As grutas misteriosas, os castelos, as reuniões secretas, os jardins floridos, os templos da Índia, as gôndolas de Veneza...

Decididamente eu sou doido pelo cinema.

Todo mundo é assim, todo mundo gosta do cinema.

E se alguém o censurar, o vilipendiar em vossa presença, podeis afirmar convictamente que esse alguém é um despeitado, um infeliz que nunca teve ensejo de ver sentada na cadeira vizinha uma criatura gentil e condescendente...

O casamento maximalista

Um velho amigo, que tentou sem resultado mascarar-se com o extravagante pseudônimo de Lobisomem, enviou-me uma carta a pedir que lhe dissesse alguma coisa a respeito de certo casamento maximalista efetuado no Rio.

Declaro-me ao missivista, antes de começar, muito agradecido e muito espantado por haver uma criatura da estranha espécie a que ele diz pertencer tomado interesse pela insulsa prosa que nesta coluna se estampa.

Entre enleado e lisonjeado, aqui lhe mando a opinião que tenho — se não tivesse nenhuma, não haveria nada a perder — sobre o fato em questão.

Hesito um pouco em dar crédito à notícia.

O meu caro amigo Lobisomem deve estar lembrado de que, há coisa de dois para três anos, telegramas da Europa nos trouxeram esta assombrosa novidade — na Rússia, as mulheres eram consideradas bem público, podendo ser requisitadas por qualquer cidadão que delas necessitasse.

Era uma revelação que dava engulhos. Um carvoeiro sentia comichões de contrair matrimônio e, sem mais aquela, fazia requisição de uma duquesa. Infantilidade evidente, absurdo fácil de descobrir a quem acompanhasse com cuidado os carapetões telegráficos que a Inglaterra nos impingiu durante a guerra. Entretanto, s. ex^a o senhor presidente da república, que naquele tempo não era ainda o grande fazedor de açudes e que em boa hora nos governa, aludiu ao fato como coisa verídica, em documento oficial, mensagem ao congresso, se me não falha a memória. De onde se conclui que as circunvoluções cerebrais de um chefe de estado não são feitas de substância diversa da que se encontra no crânio de qualquer sujeito que lê jornais e acredita ingenuamente no que lhe dizem.

Julgo prudente, pois, não ter uma confiança exagerada nas folhas.

É verdade que a capital federal e Petrogrado são coisas muito diferentes. A Laje sempre fica mais perto de nós que a fortaleza de Krasnayagorka. Mas tanto se pode mentir lá como aqui. Apenas a mentira vinda de longe tem mais probabilidade de ampliar-se, engrossar.

Consideremos, entretanto, o fato verdadeiro. Um partidário das teorias subversivas de Lenine e Trotsky, meetingueiro com certeza, colocador provável de bombas às portas das padarias, um desses homens vermelhos que tiram o sono do senhor Germiniano da Franca, procurou uma companheira que professasse como ele o credo rubro e jurou ligar-se a ela pelos "laços indissolúveis do amor".

A frase é reles, clichê perfeito, chavão repetido mil vezes em versinhos alambicados de poetas de meia-tigela.

Foi um casamento perfeitamente burguês, como muito bem compreendeu o meu velho amigo Lobisomem. A mesma solenidade, a complicação de um cerimonial em que aparecem as inevitáveis testemunhas, em suma o que já possuímos, com ligeiras modificações, talvez. Houve promessa escrita de ligação ilimitada, como consta da ata que se lavrou. Fica excluída, portanto, a liberdade que qualquer das partes deveria ter para acabar com aquilo quando achasse conveniente.

Julgo que, se o matrimônio bolchevista é semelhante ao que no Brasil se fez, não há na Rússia dos sovietes o amor livre.

Lobisomem sabe muito bem que essas revoluções violentas, que ameaçam virar a sociedade pelo avesso, arrasando tudo, conservam, não raro, muitas coisas tal qual estavam, mudando-lhes apenas o rótulo, para enganar a gente incauta. Imagine a desilusão que um daqueles exaltados patriotas da revolução francesa sentiria hoje se lhe fosse possível ver o que é a república atual, com uma chusma de preconceitos e privilégios de antanho, as mesmas desigualdades de classes dentro da famosa igualdade hipócrita, a nobreza orgulhosa substituída pela insolência da plutocracia.

Há instituições que têm fôlego de sete gatos. O casamento, como entre nós existe, é uma delas, que subsistirá, talvez, malgrado a sanha demolidora dos homens dos conselhos.

Ora o compromisso de ligação sem termo é interessante em um desses barbudos carbonários que tem o muito louvável propósito de transformar a desgraçada ordem social em vigência com estouros de dinamite. O amor é tão indissolúvel como o açúcar dos engenhos de banguê e a nacionalíssima rapadura. Comprometer-se um indivíduo a conservá-lo em permanente estado de indissolubilidade é idiota, porque enfim quem o sente não pode prever quanto tempo ele levará para derreter-se. E sendo assim, por que há de um pobre-diabo ficar preso a um trambolho a amargurar-lhe o resto da vida?

Meu bom amigo Lobisomem conhece bem os argumentos dos adeptos do amor livre. Não se promete uma união que acabe com a morte, mas entremostra-se a hipótese de a tornar mais firme e duradoura que os casamentos comuns, pois cada um dos cônjuges, sabendo que a cadeia que os une é coisa frágil, tratará de consolidá-la, prendendo o outro por todos os meios possíveis. Desaparecerão, ou pelo menos diminuirão, as arrelias conjugais, o que é magnífico. Se, contra toda a expectativa, não puderem andar de acordo, desmancha-se aquilo muito naturalmente, não só em proveito dos dois, mas em benefício da espécie, pois não havendo afinidade entre os pais, é muito provável que sejam gerados filhos imperfeitos. Há, pois, a possibilidade de começar-se a praticar a eugenia, que o doutor Belisário Pena anda a pregar na imprensa. Resta ainda a vantagem de se não poder atirar a outro, como injúria, o epíteto de filho de mulher ruim, o que será uma consolação para muita gente.

De resto os casamentos legais desfazem-se com uma frequência dos diabos, apesar das formalidades, e não creio que os que se não desfazem permaneçam intactos em virtude do palavreado do juiz ou do padre. Ignoro se há alguma lei que obrigue o homem a transformar-se em ostra em relação à esposa ou meta entre as grades a mulher que dá com os burros n'água e manda o marido às favas.

Contam que um sujeito esteve vinte anos atolado numa união pecaminosa, civil e religiosamente falando. Um dia encasquetou-se-lhe a ideia de casar com a amante. Ao voltar da igreja, observou que ela era vesga — e deixou-a.

Aí tem o meu caro senhor Lobisomem as rápidas considerações que me sugeriu sua carta a propósito do primeiro casamento maximalista que em brasílicas terras se realizou.

Pergunta-me se o não acho parecido aos que se efetuam nas circunvizinhanças do Largo do Rocio.

Não: é muito diferente. Os das ruas de S. Jorge, Vasco da Gama, Luís de Camões, Tobias Barreto e outras em que se aloja o rebotalho da prostituição são muito mais sumários e extremamente baratos.

Julgo-o, pelo contrário, semelhante aos que nos passam todos os dias diante dos olhos, de uma banalidade lamentável.

E é o que espanta.

Um homem que tem o intuito de rachar a burguesia d'alto a baixo copiar servilmente a mais burguesa das instituições!...

Ora aí está por que hesito em dar crédito à notícia e, por precaução, ponho o caso de molho até que ele seja confirmado.

Um milagre

R28829. Anúncio miúdo publicado num jornal: "A Nossa Senhora, a quem recorri em momentos de aflição na madrugada de 11 de maio, agradeço de joelhos a graça alcançada." Uma assinatura de mulher. Em seguida vinha o 29766, em que se ofereciam os lotes de um terreno, em prestações módicas. Esse não me causou nenhuma impressão, mas o 28829 sensibilizou-me.

A princípio achei estranho que alguém manifestasse gratidão à divindade num anúncio, que talvez Nossa Senhora nem tenha lido, mas logo me convenci de que não tinha razão. Com certeza essa alma, justamente inquieta numa noite de apuros, teria andado melhor se houvesse produzido uma Salve-Rainha, por exemplo. Infelizmente nem todos os devotos são capazes de produzir Salve-Rainhas.

Afinal essas coisas só têm valor quando se publicam. A senhora a que me refiro podia ter ido à igreja e enviado ao céu uma composição redigida por outra pessoa. Isto, porém, não a satisfaria. Trata-se duma necessidade urgente de expor um sentimento forte, sentimento que, em conformidade com o intelecto do seu portador, assume a forma de oração artística ou de anúncio. Há aí uma criatura que não se submete a fórmulas e precisa meios originais de expressão. Meios bem modestos, com efeito, mas essa alma sacudida pelo espalhafato de 11 de maio reconhece a sua insuficiência e não se atreve a comunicar-se com a Virgem: fala a viventes ordinários, isto é, aos leitores dos anúncios miúdos, e confessa a eles o seu agradecimento a Nossa Senhora, que lhe concedeu um favor em hora de aperto.

Imagino o que a mulher padeceu. A metralhadora cantava na rua, o guarda da esquina tinha sido assassinado, ouviam-se gritos, apitos, correrias, buzinar de automóveis, e os vidros da janela avermelhavam-se com um clarão de incêndio. A infeliz acordou sobressaltada, tropeçou nos lençóis e bateu com a testa numa quina da mesa da cabeceira. Enrolando-se precipitadamente num roupão, foi fechar a janela, mas o ferrolho emperrou. A fuzilaria lá fora continuava intensa, as chamas do incêndio avivavam-se. A pobre ficou um instante mexendo no ferrolho, atarantada. Compreendeu vagamente o perigo e ouviu uma bala inexistente zunir-lhe perto da orelha. Arrastando-se, quase desmaiada, foi refugiar-se no banheiro. E aí pensou no marido (ou no filho), que se achava fora de casa, na Urca ou em lugar pior. Desejou com desespero que não acontecesse uma desgraça à família. Encostou-se à pia, esmorecida, medrosa da escuridão, tencionando vagamente formular um pedido e comprimir o botão do comutador. Incapaz de pedir qualquer coisa, arriou, caiu ajoelhada e escorou-se à banheira. Depois lembrou-se de Nossa Senhora. Passou ali uma parte da noite, tremendo. Como os rumores externos diminuíssem, ergueu-se, voltou para o quarto, estabeleceu alguma ordem nas ideias confusas, endereçou à Virgem uma súplica bastante embrulhada. Não dormiu, e de manhã viu no espelho uma cara envelhecida e amarela. O filho (ou marido) entrou em casa inteiro, e não foi incomodado pela polícia.

A alma torturada roncou um suspiro de alívio, molhou o jornal com lágrimas e começou a perceber que tinha aparecido ali uma espécie de milagre. Pequeno, é certo, bem inferior aos antigos, mas enfim digno de figurar entre os anúncios do jornal que ali estava amarrotado e molhado.

Realmente muitas pessoas que dormiam e não pensaram, portanto, em Nossa Senhora deixaram de morrer na madrugada horrível de 11 de maio. Essas não receberam nenhuma graça: com certeza escaparam por outros motivos.

Conheça a Tacet Books

Somos uma editora independente que cria obras interessantes e inéditas, a partir de conteúdo em domínio público, nos idiomas inglês, espanhol e português.

Nosso website: http://www.tacetbooks.com

Alagoas, terra natal de Graciliano Ramos, hoje sofre com um desastre causado pela mineração de sal-gema.

A Braskem, empresa responsável pela atividade, deixou 35 cavidades subterrâneas sem preenchimento adequado, provocando o afundamento do solo e a destruição de imóveis, ruas e infraestruturas em Maceió. Mais de 40 mil pessoas tiveram que deixar suas casas por causa do perigo iminente.

A empresa foi multada em R$ 72 milhões, o que equivale a apenas 0,7% do seu lucro bruto no segundo semestre de 2022.

Este livro foi composto em Libre Baskerville e impresso no Brasil por UmLivro, para a Editora Tacet Books.

São Paulo-SP. Janeiro, 2024.

www.ingramcontent.com/pod-product-compliance
Lightning Source LLC
LaVergne TN
LVHW090040080526
838202LV00046B/3892